나는 지금 꽃이다

푸른도서관 57

나는 지금 꽃이다

초판 1쇄/2013년 3월 5일
초판 9쇄/2025년 5월 15일

지은이/ 이장근
펴낸이/ 신형건
펴낸곳/ (주)푸른책들
등록/ 제321-2008-00155호
주소/ 서울특별시 서초구 양재천로7길 16 푸르니빌딩 (우)06754
전화/ 02-581-0334~5 팩스/ 02-582-0648
이메일/ prooni@prooni.com 홈페이지/ www.prooni.com
인스타그램/ @proo
nibook 블로그/ blog.naver.com/proonibook

글, 그림 © 이장근, 2013

ISBN 978-89-5798-333-1 03810

초록우산
어린이재단
(주)푸른책들은 도서 판매 수익금의 일부를 초록우산 어린이재단에 기부하여
어린이들을 위한 사랑 나눔에 동참합니다.

나는 지금 꽃이다

이장근 청소년시집

푸른책들

차 례

3부 파란 장미의 노래

1부
애교 떨어 미안해

선생님 부탁합니다[*]

나뭇잎 물들어서 머리도 물들었다
나뭇잎 떨어지듯 머리도 자른단다
선생님 부탁합니다 단풍놀이라 생각해요

실내화 두고 와서 실외화 신었더니
조회 때 압수하며 종례 때 준다 했다
선생님 부탁합니다 지난번처럼 까먹고 출장가면 안돼요

살이 쪘어 두 달 동안 십 킬로나 쪄 버렸어 옷이 모두 작아졌
고 교복까지 터지려 해
살찐 것도 억울한데 교문에서 걸렸어 교복을 줄였다며 벌점까
지 먹었어
선생님 부탁합니다 벌점 좀 빼 주세요

[*]시조의 종류를 보여 주는 시로, 1연은 평시조, 2연은 엇시조, 3연은 사설
시조다.

11

2막 2장

초등학교 6년
중학교 3년
고등학교 3년

12년 학교생활은
3막 12장의 연극과도 같다

나는 지금
2막 2장에 등장하고 있다
이번 장은 험난하다
하루하루
시한폭탄을 들고 다니는 기분이다
사소한 일에도 오해가 생기고
오해는 팝콘 기계에 들어간 옥수수 알처럼
팡팡 터진다
정상이 눈앞인데
다리가 후들거리고 심장이 터질 것 같다

12장 중 심장이 가장 뛰는 장
2막 2장은

내 심장이다

자마자

일어나자마자
밥 먹자마자
씻자마자
학교 도착하자마자
수업 끝나자마자
학원에서 돌아오자마자
숙제 끝내자마자
아아, 자마자 자마자 자마자
쉴 틈을 주지 않는 자마자
거꾸로 해도 자마자
그림자 같은 자마자
내 꼬리표 자마자
태어나자마자
시작된 자마자

이 별

이별은
별이 되는 것

이 한 칸 띄우고 별
한 칸, 그래
한 걸음 멀어졌을 뿐이다

그 별도 아니고
저 별도 아니고

내 가장 가까운 곳에서
빛나는 별

너는 나의
별이 되었을 뿐이다

슬픈 시점

(1인칭 주인공 시점)

나는 승민이를 좋아한다
이 사실을 아는 건 세상에 나밖에 없다

(1인칭 관찰자 시점)

승민이가 진희의 얼굴을 보고 있다
진희와 눈이 마주치자
승민이는 귓불까지 빨개진다
그 모습을 보고 있자니 내 마음이 찢어진다

(3인칭 관찰자 시점)

진희, 승민, 수연이 벤치에 앉아 있다
승민이는 진희의 얼굴을 보고 있고
수연이는 승민이의 얼굴을 보고 있다

16

진희와 눈이 마주치자
승민이는 귓불까지 빨개지고
그 모습을 본 수연이는 입술을 깨문다

(전지적 작가 시점)

승민이는 진희를 좋아한다
짝사랑이다
수연이는 승민이를 좋아한다
역시 짝사랑이다

애교 떨어 미안해*

여우처럼 애교를 떨어 보라 하지만[1]
나는 곰이다[2]
그건 지렁이가 낚시하는 일보다 어렵다[3]
프라이드치킨이 달걀 낳는 일보다 어렵다[4]
차라리 낙타한테 바늘구멍을 통과하라 해라[5]
노란 옷 입고 배꼽 인사할 때도 안 떨었던 애교[6]
개가 야옹야옹 짖고[7]
달팽이가 깡충깡충 뛰면 생각해 볼게[8]

내가 애교를 떨면 평생 먹은 것을 다 토할걸[9]
한 번 떨면 우리 반이 쓰러지고 두 번 떨면 우리나라가 뒤집어
지고 열 번 떨면 지구가 궤도를 이탈할걸[10]
애교 애교 백 번도 더 들은 애교[11]
귀여운 척, 약한 척, 애기 같은 척, 혀 짧은 척[12]
공부보다 어려운 애교[13]
침묵은 가깝고 애교는 멀다[14]
아, 애교![15]

한 번쯤 떨어 보고 싶은......¹⁶

내가 언제 애교가 나쁘다고 했던가¹⁷
떨어 보자, 애교¹⁸
애교쟁이 주희가 받침에 이응을 붙이라 했으니¹⁹
민규양 징금 뭥행? 봉공싶엉.
문자를 보냈더니 핸드폰을 꺼 버렸다
주희가 떨면 애교고 내가 떨면 코미디다²⁰
민규야, 핸드폰 꺼 줘서 눈물 나게 고맙구나²¹
내가 보낸 문자 다시 보니
가슴이 싸늘하게 뜨거워진다²²
내가 오늘 한 짓은? 미친 짓²³

*이 시에는 국어의 주요한 표현법이 쓰였다. 1~8까지는 비유법(1.직유법 2.은유법 3.의인법 4.활유법 5.풍유법 6.대유법 7.의성법 8.의태법), 9~16까지는 강조법(9.과장법 10.점층법 11.반복법 12.열거법 13.비교법 14.대조법 15.영탄법 16.생략법), 17~23까지는 변화법(17.설의법 18.도치법 19.인용법 20.대구법 21.반어법 22.역설법 23.문답법)으로 구분된다.

사춘기 신화

온다 온다 그분이 온다
겨울잠 자는 곰처럼
잠이 온다
마늘 같은 잔소리 들어도
쑥 같은 협박당해도
스르륵 감기는 눈
아침마다 전쟁이다 전쟁

안 온다 안 온다 그분이 안 온다
안절부절못하는 호랑이처럼
잠이 안 온다
마늘 같은 잔소리 들어도
쑥 같은 협박당해도
말똥거리는 눈
저녁마다 전쟁이다 전쟁

방학하려면 백 일이나 남았는데

아침저녁 전쟁 치르느라 나도 지친다
커서 뭐 될 거냐 비꼬지 마라
설마 호랑이가 되고 싶겠냐
곰이 되고 싶겠냐
사람도 사람 대접 받아야 사람이다
나는 사람이 되고 싶다

잃어버린 감각*

박하사탕 맛이야
뭐가?
허브 냄새가 나기도 하고
아이, 뭐가?
멀리서 파도 소리가 들리는 것 같기도 해
도대체 뭔데?
약수가 손에 닿는 기분이랄까
그러니까 그게 뭐냐고?

응, 가을 하늘

시각 장애인 형이 느끼는 가을 하늘은
내가 보는 가을 하늘보다 생생하다

*시의 심상을 보여 주는 시로 미각, 후각, 청각, 촉각, 시각적 심상이 모두
드러나 있다.

팥 심은 데 팥 난다

겨울엔 붕어빵
여름엔 팥빙수
빵빙수 아저씨로 불리는
아저씨가 며칠째 안 보인다
대신 키 큰 형이
리어카를 지키고 있다
연중무휴였는데
어디 아프신가
붕어빵을 먹으며 물어보니
제주도 여행 중이란다
아르바이트해서 번 돈으로
신혼여행 보내 드렸다고
싱글벙글한다
일류 대학 다닌다고
자랑하던 아들인가 보다
웃는 얼굴이 아저씨와 붕어빵이다
붕어빵 하나 덤으로
얹어 주는 것까지 닮았다

상상력 학교

상상의 나라에 있는 학교
누구나 입학할 수 있지만
졸업은 없지
상상은 끝이 없으니까
졸업장보다는 다니는 것 자체로 자랑스러운 학교
학년도 선생님도 교과서도 시험도 일등도 꼴찌도 없지
에디슨도 레오나르도 다빈치도 빌 게이츠도
이 학교 출신이었을걸

컵을 컵이라 생각하면 기억이고
컵을 모자라 생각하면 상상이다

상상력 학교 입구에 걸린 문구인데
멋지지 않아?
몸은 비록 기억력 학교에 있지만
생각은 대부분 상상력 학교에 있지
친구들은 나를 4차원이라 놀리지만

상관없어 상상력 학교에서는
그것도 공부니까

4차원은 가방이다, 신발이다, 안경이다, 책이다, 선풍기다, 사
물함이다
그런데 4차원 신발을 신으면
어떻게 될까?

꿈속의 꿈[*]

전교 20등을 했다
나는 전교 1등을
한 번도 놓치지 않은 학생이었다
길고 긴 계단을 올라갔다
아파트 옥상 문을 열었다
난간에 서서
눈물을 뚝뚝 흘리며
뛰어내렸다
쿵 바닥에 닿는 순간
꿈에서 깼다
식은땀이 흘렀다
꿈에서 깬 나는 전교 100등도
감지덕지하는 학생이었다
학교에 가서 성적표를 받았다
담임 선생님이 칭찬을 하셨다
전교 10등을 했다는 거다
최신형 스마트폰과 메이커 신발이

머리를 스쳤다
정신없이 집으로 뛰어가다
건널목에서 차에 치였다
쿵 바닥에 닿는 순간
꿈에서 깼다
옷이 땀에 흠뻑 젖어 있었다
꿈 밖의 꿈 밖으로 빠져나온 나는
오늘 성적표를 받는다
등수에 목숨 걸지 말자
사는 데 목숨 걸자

*액자식 구성을 사용한 시다.

영웅의 일대기적 구성

고귀한 혈통
−한국인이

비정상적인 출생
−한국에서 태어나

버림을 받음
−한국 학교에 입학하면

비범한 능력
−홍길동이 된다지? 옷 입은 것도 비슷, 말하는 것도 비슷, 붕어 붕어 붕어빵처럼 분신술을 쓴다지?

조력자의 도움
−엄마 아빠 선생님 나랏일하시는 높은 분들 정말 감사합니다.

고난의 극복과 성공

−붕어 틀 속에 갇혀 죽지 않고 살아남은 것도 성공이라면 성
공. 그런데 이거 알아요? 생긴 건 붕어지만 속은 다르다는 거.
팥, 슈크림, 고추장, 잡채, 초콜릿……. 우리는 속으로 진화합
니다.

육하원칙

누가
－생활 지도부 선생님이
언제
－중간고사 과학 시험 시간에
어디서
－내 책상 앞에서
무엇을
－방귀를
어떻게
－꼈다
왜
－바닥에 떨어진 내 지우개를 주우려다가?
　아침에 가스 발생률 높은 음식을 먹어서?
　항문을 조이는 힘 조절을 잘못해서?

아무튼
킥! 풋! 큭!

참다 참다 새어 나오는 웃음소리들
점점 빨개지는 선생님 얼굴
지우개로 선생님 방귀
지워 주고 싶다

이해가 팍팍 돼

국어 시간이야
소설의 구성 단계를 배우고 있어
이해가 팍팍 돼
오늘 내게 일어난 일이거든

발단 −갈등의 실마리 제시
새벽에 우유를 마셨는데 맛이 좀 이상했어.

전개 −갈등의 전개
아침에 배가 살살 아팠지만 그냥 집을 나왔어. 늦잠을 잤거든.

위기 −갈등의 심화
배가 부글부글 끓었어. 이건 뭐 뛸 수도 없고 그렇다고 천천히
걸을 수도 없고 똥구멍에 힘 팍 주고 경보 선수처럼 걸었지.

절정 −갈등의 최고조
화장실에 들어가려는 순간 조회를 끝내고 나오는 담임한테 걸

렸어. 뭐라 뭐라 말하는데 하나도 들리지 않았어. 하늘이 노랬어. 뭐 잘했다고 인상을 쓰냐며 손으로 배를 쿡 찔렀어. 그때 난 1차 화산 폭발을 경험했어. 후다닥 화장실로 달렸지. 달리면서도 2차, 3차 폭발은 계속됐어.

결말 –갈등의 해소
팬티를 내렸을 때 알게 됐어. 다시 입을 수 없다는 걸. 난 지금 노팬티야. 그래도 다행이야. 가방에 체육복이 있거든.

호부호형

엄마는 열일곱에
나를 낳고 떠났다
아빠는 열여섯이었다

나는 할머니 손에서 컸다
할머니를 엄마라 부르며
할아버지를 아빠라 부르며
아빠를 형이라 부르며

형을 아빠라 부르고
아빠를 할아버지라 부르고
엄마를 할머니라 불러도
뭐라 그러는 사람은 없겠지만

나는 습관처럼
부르던 대로 부른다
만약 형을 아빠라고 부른다면

떠난 엄마가
너무 보고 싶을 것 같아서다

심청뎐

공양미 삼백 석보다 귀한 내 청춘을
팔라고 한다
학교라는 배에서 풍덩
학원이라는 배에서 풍덩
파도치는 입시의 재물이 되라 한다
지극정성으로 효를 다하면
용궁에 입학할 수 있을까
연꽃을 타고 올라와
왕후의 신분으로 상승할 수 있을까
입시에 눈이 먼 아빠와
뺑덕어미로 변한 엄마에게
눈이 번쩍 뜨이고 마음이 활짝 개는
기적이 일어날까
알고 보면 아빠와 엄마도 재물이다
아빠의 눈을 뺏어 가고
엄마의 마음을 뺏어 간 세상
내 눈과 마음마저 빼앗길 수는 없다

내 마음이 시키는 대로 두 눈 똑바로 뜨고
내 길을 가겠다
이것이 오늘 내게 일어난 기적이다
아빠의 눈과 엄마의 마음을
세상에서 되찾아 오겠다

소리 없는 아우성*

너무 아플 때는
소리를 지를 수 없다
그저 입을 짝 벌린 채
아픈 데를 부여잡고
럭비공처럼 통통 튄다

너무 슬플 때도 외로울 때도 혼란스러울 때도 어려울 때도 그
리울 때도 우울할 때도 놀라울 때도

소리가 없다고 없는 게 아니다
다른 게 너무 커서 소리가 밀려났을 뿐이다
조용하지만 꿈틀대는

내가 요즘 그렇다

* 유치환 시인의 시 「깃발」에 나오는 시구를 인용한 제목이다.

거울

거울 속은
오늘도 조용하다
무성영화 같다
대사는 없고
지시문만 있다
움직임은 있는데
소리가 없다
요즘 내 마음 같다
가슴은 뭔가로
꿈틀대는데
말이 없다
내가 사는 하루가
찰리 채플린의 연기처럼

웃긴데

슬프다

2부

내겐 오늘이 있다

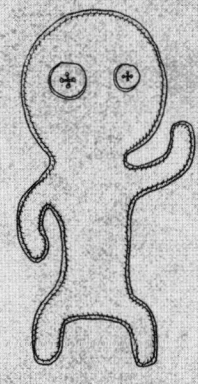

나는 지금 꽃이다

팔랑팔랑
나비가 날아다니는 것 같다

사각사각
미용실 누나 손에 들린 은빛 가위

붙었다 떨어졌다
내 머리 주위를 날아다닌다

폴폴 날리는 꽃가루
살랑살랑 나는 은빛 나비

나는
지금

꽃이다

미지수

나는 미지수다
x이거나 y다
나도 나를 잘 모르겠다
하루하루 잘 풀면
답을 얻을 수 있지 않을까
어쩌면 내가 원하는 답이
아닐 수도 있다
그렇다고 오답은 아니다
풀이 과정이 맞다면
그땐 답을 의심해야 한다
세상의 답이 틀렸을 수도 있으니까

나는 미지수다
굉장히 복잡한 문제에 둘러싸여 있다
공식도 통하지 않는다
말썽을 피우는 건
나를 포기해서가 아니다

나는 나를
푸는 중이다

내겐 오늘이 있다

내 방 벽에는
벽지가 뜯어진 곳이 있다
벽을 볼 때마다
뜯어진 곳만 보였는데
어제 친구가 놀러 와
그곳에 예쁜 그림을 붙여 주었다
그림을 보니 기분이 좋아졌다
그림 뒤에
벽지 뜯어진 곳이 있다는 것도
잠시 잊을 수 있었다
이렇게 잊는 걸까
나쁜 기억을
좋은 기억으로 덮으며
오늘로
어제를 감싸며

기타와 춤을

내 방에는
목이 길고
뿔이 여섯 개 달린
왕관을 쓴
미녀가 있지
차르릉 미녀의 목소리를
처음 들었을 때
심장이 3배속으로 뛰었지
C Am Dm G7
스텝을 밟으며
노래의 춤을 추다 보면
답답함 절망 분노 슬픔 외로움 두려움
야수 같던 감정들이
한 줄 한 줄 조율되지
차르릉
잃어버린 내 모습을
되찾게 되지

가시별

별은
별이 그리워
가시빛으로
반짝인다

밉다
미워

나는
네가 그리워
가시 같은 말로
잠 못 이룬다

손금

손금을 봤다
돋보기 쓴 할아버지께서
생명선 운명선 지능선 감정선을 짚으며
내 운명을 말해 줬다
고생을 많이 할 팔자란다
맥이 빠져 일어서려는 내게
운명은 개척하는 거라고 말했다
그럼 손금을 왜 보냐고 물으니
운명만 믿고 사는 사람에게
손금은 손에 생긴 금이고
운명을 개척하는 사람에게
손금은 손에 숨겨진 금이라 했다
나는 손을 한참 들여다보았다
유난히 잔금이 많은 손
손바닥에 땀나도록 살면
금을 캘 수 있을까?
나는 주먹을 꽉 쥐었다
오늘부터 내 손은 금광이다

변태 만세

콧수염이 나온다
거시기 털이 나온다
짧은 치마 입은 여자를 보면
눈알이 튀어나온다
불쑥 야한 말이 나온다
컴퓨터에서 야동이 나온다
나도 모르게 나온다
너는 나오지 않니?
변태라고 놀리는 친구들아
그래 나는 지금 변태다
형태 변화를 하고 있는 중이다
변태 못하면 어른이 못 된다
나는 지금 정상이다
변태 만세다

나에게 보낸 문자

아침 7시
휴대폰 문자에
잠이 깼다
생일 축하한단다
보낸 사람은
바로 나
일주일 전에
예약 문자로 보냈었다
생각해 보니
내가 내 생일을 축하해 본 건
이번이 처음이다
세상에 나오던 날
엄마만큼 안간힘을 썼을 나
애썼다고
내가 나에게 끓여 주는
미역국이다

춤바람

태극기가 바람에 펄럭인다
바람이 불지 않을 때는
무슨 깃발인지 모르게
축 늘어져 있다가
바람이 부니
바다 위로 솟는
붉은 해를 보여 준다
바다 위로 떠오른
전설의 고래를 보여 준다
출렁출렁 춤춘다
춤바람 났냐며 수시로 혼나는
나는 안다
저 때가 가장 태극기답다는 걸
대한독립 만세도 좋지만
나는 나를 막고 있는 것들로부터
독립하고 싶다
만세를 외치며
춤추고 싶다

로또 당첨 글자

행운의 여섯 숫자
아니 글자

나 는 할 수 있 다

백발백중 당첨 글자
아침마다 손바닥에 쓴다

저녁에는 지워진 글자
아니 몸속으로 스며든 글자

나 는 할 수 있 다

내 마음에 선인장이 자란다

가시 돋친 말과 행동들
미안합니다
나도 나 때문에 아픕니다
내 살갗을 뚫고 나오는 가시니까요
사방이 모래 언덕입니다
걸어온 길은 사라지고
걸어갈 길도 보이지 않습니다
낮에는 너무 뜨겁고
밤에는 너무 춥습니다
비 구경을 한 지가 언제인지 모르겠습니다
가끔 사람들이 낙타를 몰고 와서
이렇게 살라 합니다
그럴 때마다 송곳니 같은 가시가 자랍니다
나답게 살고 싶지만
나다운 게 뭔지 모르겠습니다
모래 바람이 불면
눈을 감고 웁니다
속으로 속으로 눈물을 채웁니다

다슬기 할아버지

다슬기를 까 먹는다
이쑤시개로 돌리면
너트에서 볼트 풀리듯
알맹이가 나온다
다슬기는 돌에 붙어
돌과 강물을 결합시키고 있었을까
돌이 강물에 떠내려가지 않도록

지난겨울 텔레비전에서 본
독거노인의 집도 같았다
좁은 방에서
이불을 돌돌 말고 누워 있던 할아버지
집이 떠내려가지 않도록
결합시키고 싶었을까
봄이 오면 철거된다던 동네

다슬기 할아버지는 지금
어떻게 됐을까

운명을 편곡하다

원곡은 별로였는데
편곡을 하면
명곡이 되기도 한다

운명이 원곡이라면
어떻게 편곡하느냐에 따라
인생도 달라지겠지

지금은 보잘것없지만
나는 나를 편곡 중이다
원곡을 뛰어넘을 것이다

뜬구름

뜬구름 잡는 얘기 좀
그만 하란다

비누 거품 비행선
고양이 말 통역기
하늘을 걷는 신발
몸이 커졌다 작아지는 알약
양치질을 해 주는 사탕
시험 문제 답이 보이는 안경
눈물을 멈추게 하는 향수
웃음이 나오는 껌
                 ·
                 ·
                 ·

뜬구름도 쌓이면
비가 되어 내릴 거다
그럼, 잡을 수 있다

before와 after 사이

지하철 벽에
광고가 붙어 있다
개구리가 왕자로 변한
동화 속 이야기처럼
못생긴 여자가 아름답게 변한
before와 after 사이에
성형외과가 있다
동화 속에서는
진실한 사랑이 필요했는데
현실에서는
돈이 필요하다
돈이면 뭐든 할 수 있다는 건가?
동화 밖 세상은
마녀의 주문에 걸려 있다

초승달에 빈다

소원을 빈다
초승달에 빈다
보름달에는
많은 사람들이 빌 테니까
그 소원 다 들어주느라 바쁠 테니까
어서 말해 보라고
귀를 쫑긋 세우고 있는
초승달에 빈다
내 소원을
초승달만큼만 들어달라고
나머지는 내 노력으로 채우겠다고
초승달에 빈다
아무도 빌지 않을 때 비는 게
진짜 소원이라고
진짜 소원은
꼭 이루어진다고

나의 전망

도전
도망

두 단어 속에

전망이라는 단어가 숨어 있다

나는

도전과 도망 중에

무엇을 더 많이 했을까?

3부

파란 장미의 노래

자전거 변천사

내가 맨 처음 탄 자전거는
세발자전거
엄마 아빠가 뒤에서
나만 바라보던 시절이었다

내가 네발자전거를 탈 때는
동생이 뒷바퀴처럼
나를 졸졸 따라다녔다
엄마 아빠는 옆에서
우리를 지켜 주는 보조 바퀴였다

요즘 나는 두발도 아닌
외발자전거다
늦은 밤 학원에서 돌아오면
식구들이 모두 잠들어 있다
조용히 내 방으로 들어와
혼자 흔들릴 때가 많다

무너지지 않는 벽

벽돌 쌓는 일을 하는 삼촌이 물었다

너 벽돌 위아래를 왜 엇갈리게 쌓는 줄 아니?

무너지지 말라고요?

그래, 맞다. 아래 쌓은 벽돌 한 장 위에 벽돌 두 장을 반반씩 올려놓지. 그렇게 올라간 벽돌 위에 또 반반씩 벽돌들을 올려놓고. 사람도 마찬가지다. 한 친구에게 다 주려고 애쓰지 마라. 그 친구에게 못 준 건 다른 친구가 받게 된다. 네가 받을 때도 마찬가지다. 그렇게 맺은 관계가 무너지지 않는다.

엄마의 엄마 앞에서

엄마가 운다
바닥에 주저앉아
헛발을 구르며
울음이 목에 걸렸는지
벌린 입을 다물지 못한 채
엄-마-하고
길게 운다
외할머니의 관이 나갈 때
엄마의 엄마 앞에서
엄마로 살던 아이가
엄마를 벗고 나와
벌거숭이로 운다
나보다 어려 보이는 아이를
나는 꼭 안아 주었다
아이는 내 품에 안기자
더 크게 울었다

면회

엄마가 면회를 왔다
사식으로 주스와 과일을 넣어 주었다
지은 죄도 없이 나는 갇혔다
몇 번 항소를 해 보았지만
나를 변호해 주는 사람은 아무도 없었다
이곳에서 나는 문제 푸는 노동을 한다
노동은 해도 해도 끝이 나지 않는다
탈출은 꿈도 꾸지 못할 일
사방이 감시 카메라다
출소일은 수능 보는 날
망치면 또 갇힐 것이다
화장실을 가다가 소파에서 졸고 있는
엄마를 봤다
교도관 복장을 하고 있다
누워서 자지도 못하고 꾸벅꾸벅 존다
엄마도 나처럼 갇혀 있는 것이다
지금은 내가 엄마를 면회하는 순간이다

이불을 덮어 주었다
우린 지은 죄도 없이 갇혀 있다

부러진 발

계단에서 넘어져
발이 부러졌다
깁스하고 침대에 누워 있는데
아빠가 달려 들어왔다
두 달 만에 보는 아빠다
엄마와 아빠도 요즘 부러져 있다
보조 침대에 나란히 앉아 있는
엄마와 아빠
저대로 다시 붙었으면 좋겠다
그동안 내 마음이
심하게 절었다는 걸 알까?
엄마와 아빠가 붙을 때까지
병원에 오래 머물고 싶다

전봇대 나무

전봇대는 오늘도
허리가 아프다
몸 여기저기
커다란 침이 꽂혀 있다
뗀 자리에 다시 붙인 파스인 듯
전단지가 붙어 있다
사방팔방 전깃줄에 묶여
오도 가도 못하는 전봇대
꼿꼿이 사는 게
힘들어 보이는 아빠
내게 큰 나무가 되라 하지만
난 넝쿨이 되고 싶다
전봇대를 감고 올라
전봇대와 함께 푸르고 싶다

파란 장미의 노래

꽃집 앞에서 꽃 구경을 하다가 보았다
흰 장미가 파란 장미로 바뀌는 마술
꽃집 주인은 콧기름도 바르지 않았고
수리수리마수리도 외치지 않았다
그저 무표정한 얼굴로
흰 장미에 파란 래커를 뿌렸다
순식간에 파란 장미로 변한 흰 장미
그 순간 나는 왜 눈물이 났을까
파란색에서 슬픈 향기를 맡았을까
가수가 되고 싶었지만
공무원이 되었다는 아빠를 닮은 꽃
역시 가수가 되고 싶지만
선생님이 되길 바라는 나를 닮은 꽃
결국 대물림 되고 있는 꽃
색은 속일 수 있지만 향기는 속일 수 없다
오늘은 마술을 깨는 날
아빠에게 털어놓을 거다

아빠 앞에서 온몸으로 노래를 부를 거다
내 향기를 털어놓을 거다

메이드 인

소년은
메이드 인 코리아
코리아에서 태어났지
코리아 아빠와 차이나 엄마
사이에서 태어났지
그러나 소년은
메이드 인 차이나로 불리고
뭘 해도 메이드 인 차이나인
소년은 방황을 했지
코리아를 증오하고
차이나를 부정했지
학교를 때려치우고
주유소에서 일할 때
엄마가 찾아왔지
뚝뚝 떨어지는 눈물이
심장에 주유되는 기분이었지
그 순간 알게 됐지

아니 아니 다 틀렸어
사람은 모두
메이드 인 엄마야

친구 면접

어디 사니
형제는 어떻게 되니
부모님은 무슨 일 하시니
공부는 잘 하니

친구가 가고 난 후
엄마가 친구에 대해 묻는다
사실 대로 말하면
엄마가 탈락시킬 거고
거짓말을 하자니
친구에게 미안하고
그냥 좋은 애예요라고 한 후
방으로 들어왔다

친구는 면접에 합격할 수 있을까
문턱 높은 우리 집 문을
넘을 수 있을까

좋은 사람으로는 통과하기 어려운
친구 면접
나는 몇 번이나 합격했을까

내가 있는 곳

전학 첫날
담임 선생님과 첫 만남
잘 하라고 했다
지켜보겠다고 했다
사고 치면 다시 보낸다고 했다
전학 서류가 넘어오기 전에는
이 학교 학생이 아니라고 했다
그럼 지금 이곳에 있는
나는 뭔가? 유령인가?
이혼 서류가 통과된 후
엄마에게 이젠 부부가 아니라고 했던
아빠 생각이 난다
그럼 엄마와 살고 있는 나에게
아빠는 뭔가? 유령인가?
사람이 먼저다
내가 있는 곳이 내가 존재하는 곳이다
서류에 떠밀린 아빠와 나
우리는 유령이다

황금비율

국어는 94점 영어는 91점
내일은 지난번에 60점 맞은
수학 시험 보는 날

오답노트 보며 꾸벅꾸벅 졸다가
90점 못 넘으면 국물도 없다는
엄마 말이 떠올라 화들짝 깼다

커피 한 잔 타려고 나온 주방에는
황금비율을 자랑하는
모 회사의 커피믹스가 있다

커피 크림 설탕의 비율은 어떻게 될까
나처럼 모든 과목을 90점 넘겨야 할까
어쩌면 지난 시험이
내 진짜 황금비율이었을지도 모르는데

그늘

우리 학교 옆에는
20층이 넘는 아파트가 있지만
우리 학교에는
그 아파트에 사는 애들이
한 명도 없다
학교 담을 경계로
동네가 다르기 때문이다
우리 학교 애들은 대부분
아파트 주위에 복잡하게 얽힌
낡은 다세대 주택에 산다
오후에는 아파트 그늘이 운동장을 덮어
시원하게 체육을 할 수 있지만
아파트를 올려다 볼 때마다
나는 가슴이 서늘해진다
우리가 사는 집이
너무 낮은 것 같아
너무 그늘진 것 같아
그늘에 어깨가 짓눌린다

엄마 학교

입학은 저절로 됐으나
졸업이 힘든 학교
매일 시험을 보고
결과가 나온다
한 번도 백점을 맞아 본 적 없다
학생은 세 명
공부 잘하는 친구와
부모님 말씀에 순종하는 친구
공부도 중간이고
말도 잘 안 듣는
나는 만년 꼴찌다
가끔 텔레비전에서 아픈 애들이 전학 오면
꼴찌는 면하지만
금방 전학 가 버린다
한 학년 올라가기가 어려운 학교에서
나는 지금 몇 학년일까
졸업은 할 수 있을까
대학교보다 어려운 엄마 학교

지우지 않은 전화번호

참다 참다
아빠에게 전화를 했다
이 년 전에 돌아가셨지만
지우지 않은 전화번호

―아빠
요즘 너무 힘들어
엄마는 사귀는 사람이 있는 것 같고
동생은 가출했어
날씨는 왜 이래
아빠별이 보이지 않잖아

―너도 아빠별이 보고 싶니?
나도 엄마별이 보고 싶은데…….

수화기를 타고 온 남자아이의 목소리
우린 그렇게 친구가 되었다

나는 서울 그 아이는 제주도
흐린 날씨에 더욱 빛나는 별이 되었다

황제펭귄뻐꾸기

황제펭귄은 수컷이 알을 품는다
우리 아빠처럼

뻐꾸기는 다른 새의 둥지에 알을 낳고 떠난다
우리 엄마처럼

아빠는 한국 사람이고
엄마는 베트남 사람이다

엄마는 내가 어릴 때 베트남으로 떠났다
나는 반은 황제펭귄이고 반은 뻐꾸기다

하루는 아빠가 걱정 되고
하루는 엄마가 그립다

네 개의 눈

축구장에

스포트라이트 네 개

바닥에

그림자도 네 개

바라보는 눈이 많으면

그림자가 많아진다

아픈 발

아픈 발이 중심이다
자폐를 앓고 있는 동생으로 인해
우리 가족은 절룩거린다
동생과 함께 길을 가면
사람들이 불쌍한 눈으로
우리를 쳐다본다
동생이 없었으면 좋겠다고
생각한 적도 여러 번
그러다 정말 동생이 없어졌다
부모님은 사방팔방 찾으러 다녔고
나는 발을 동동거리며 집을 지켰다
저녁에 경찰서에서 연락이 와서
동생을 찾아오는 길
나는 알았다
발이 없는 사람보다
아픈 발이라도 있는 사람이 행복하다는 것을
아픈 발을 딛고 온몸이 한 걸음 가듯

우리 가족은 단지
걸음걸이가 좀 다를 뿐이라고

엄마 누나

내겐 열 살 어린
동생이 있어요
이제 겨우 여섯 살이죠
아침 일찍 출근하는
엄마를 대신해
나는 동생을 유치원에 데려다 주고
학교에 가요
그동안 동생은 유치원에 일등으로 갔어요
친구 없이 교실에 혼자 있을 동생 생각에
학교 가는 내내 마음이 무거웠어요
며칠 전부터 동생은 이등으로 가요
대신 내가 일등을 해요
지각 일등
오늘은 벌청소도 했어요
이상한 일이죠
이게 더 속 편하니까요
어서 방학이 왔으면 좋겠어요

동생을 꼴등으로 보내고
나는 일등도 꼴등도 없는
꿈나라 학교에 가고 싶어요

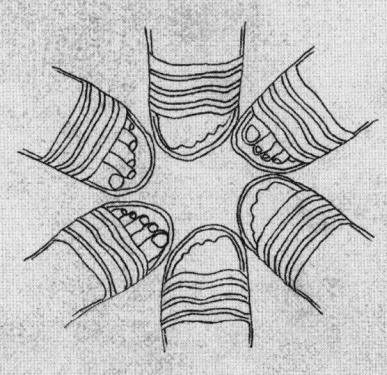

심(心)부름

지난 월요일 아침 조회 시간에
선생님이 내 이름을 부르더니
심부름을 시켰다
일주일 동안 하루도 빠지지 않고 불렀다
처음에는 쟤 뭐야? 하는
눈빛으로 쳐다보던 애들이
이제는 언제 부르나? 기다리는 눈빛이다
선생님이 부를 때
따라 부르는 애들도 있다
학기 초부터 유명 인사가 됐다
작년에는 내 이름을 불러 주는
친구가 거의 없었는데
벌써 친구가 네 명이나 생겼다
나는 안다
선생님이 왜 나를 부르는지
선생님이 부를 때마다
마음이 움직인다

유심칩

사고 쳐서 전학 왔다
이번엔 잘 할 수 있을 것 같았는데
한 달도 안 돼 그대로다
전학 온 첫날부터
노는 애들이 꼬이더니
밤마다 놀자고 불러내더니
선생님 눈도 점점 작아지더니
결국 사고를 쳤다
벌써 세 번째 전학
나는 왜 이럴까
유심칩도 아니고
학교만 달라졌지
나는 변하지 않는다
학교는 뭐 유심칩 아닌가?
학생만 달라졌지 변하지 않는다
내가 다닌 세 학교 모두
두발 복장 지각 폭력 따돌림 성적

똑같은 말만 반복한다
어느 학교도 꿈에 대해
이야기하지 않는다

울지 않는 울보

웃지도
울지도
찡그리지도
놀라지도

않는 마네킹처럼

교복
체육복
사복
잠옷

을 갈아입었던 하루

텅 빈 몸속이
울음으로 가득 찼다는 걸
아무도 모른다

짝

책상 한 개에는
모서리가 네 개
책상 두 개에는
모서리가 여덟 개

책상을 붙이면
모서리가 네 개로
줄어든다

모서리와 모서리가 만나
모서리를 없앤다

수업 분위기 나쁘다며
한 명씩 떨어져 앉은 우리들

선생님 모서리가
두 배로 늘어났어요
좀 줄여 주세요

다리 저는 친구

절룩절룩
다리로 쓴다

3 4 3 4
짧은 다리로 쓴다

마디마디
절절한 이야기

꾹꾹 눌러 쓴다
길에 쓴다

안전빵

원하지도 않는 과에
입학 원서를 쓰자고 한다
안전빵으로 쓰자는 선생님의 입에서
빵 냄새가 난다
그것도 식빵
토스트도 될 수 있고
샌드위치도 될 수 있는
앙금이 없어 건강에 좋을 것 같은
몇 개 먹다 보면 발라 먹을 잼이 생각나는 빵
고졸보다는 대졸이 낫다며
일단 들어가고 보자는
선생님의 지론
따를 수 없다
왜?
맛이 없어서
꿈이 빠진 인생은 배만 부르니까

딱딱하고 차가운 이야기

철든 아이들은
자석 공장에 쉽게 달라붙었다
나는 철가루를 먹은 적이 없어서
자석 공장이 아무리 끌어당겨도
달라붙지 않았다
자석 공장에서 뒤늦게
철가루를 먹이려 했지만
나는 먹을 수가 없었다
철가루는 딱딱하고 차가웠으며
맛이 없었고 배도 부르지 않았다
자석 공장은 학교고
공부는 철가루다
나는 한글도 모르는
할머니 손에서 컸다
나는 철가루보다 밥이 좋다
쌀값을 보태기 위해
주유소에서 아르바이트를 한다

사람들은 내게 철 좀 들라고 하지만
나는 밥이 좋다

친구의 산

내 앞에 앉은 친구는
꼽추다
쉬는 시간 책상에 엎드려 잘 때 보았다
산처럼 생긴 혹
동산보다 낮지만
에베레스트 산보다 험난해 보였다
키는 작지만 꿈은 큰 친구
수행 평가로 자신의 꿈을 발표할 때
높은 산으로 보였다
의사의 꿈을 이루기 위해
밤늦도록 공부를 한다는 친구
산이 산을 오른다

좌표

내
뒤에
뒤에
옆에
앞에
앞에
네가 앉아 있다

몸은
내 옆자리지만
마음은
한참 돌아야 닿을 수 있다

수학 시간
이차 방정식보다 어려운
마음을 푼다

돈벌레

한 줄
에스컬레이터다
한 계단에
한 명씩
손잡이에 손을 얹고
올라가는 모습이
한 몸 같다
벽을 타고 오르는
돈벌레 같다
대학에 가기 위해
한 줄 서기를 하고 있는
우리 모습 같다
다리가 너무 많아
징그러운 벌레
경쟁자가 너무 많아
징그러운 우리
출구에 닿자마자

동강동강
마디가 끊긴다

금단 현상

스마트폰 걷기로 한 첫날
손이 나도 모르게
빈 주머니 속을 들락날락거린다
주먹을 쥐었다 폈다 파르르 손이 떨린다
허전하다 뭉텅 손이 잘린 것 같다
2교시 때는 손가락 끝에 통증까지 밀려왔다
이런 게 환상통일까
쉬는 시간에는 친구들이
마네킹처럼 자리에 앉아 있다
머릿속은 게임 생각으로 가득하고
이젠 선생님이 물고기로 보인다
목소리는 안 들리고 입을 빠끔댈 때마다
물거품이 만들어진다
물거품들이 교실을 둥둥 떠다닌다
이런 게 정신착란일까
5초만 버티면 된다
오 사 삼 이 일

우주선 발사도 아닌데
카운트다운을 한다
우주인처럼 하루 종일 무중력 상태다

시급 백사십이 원

일주일 용돈 10,000원
하루 1,428원
6교시 학교 수업에
3교시 학원 수업
숙제 1시간을 더하면
하루 공부 노동은 10시간
나는 시급 142원짜리 노동자다
그나마 쉬거나 불량 성적을 생산하면
가차 없이 깎이는 임금
우리 집에서 나는 비정규직 노동자다
임금 투쟁 파업을 하고 싶어도
쫓겨날까 봐 눈치만 본다
나보다 더 적은 시급을 받고 공부해
일류 대학에 입학했던 삼촌도
졸업 후 비정규직 노동자가 되었다
휴일을 반납하고 일하는데도
언제 잘릴지 몰라 불안해한다

삼촌보다 열심히 하면
정규직이 될 수 있을까
나의 노동은 오늘도 불안하다

왕거미

유리창에 거미줄이 쳐진 줄 알았는데
가까이에서 보니 깨져 있다
가운데 돌 같은 것에 패인 자국이 있고
방사형으로 금이 가 있다
내 마음도 지금 저런 모습이다
작년에 왕따라는 돌이 날아와 깨졌다
벌써 일 년이 지난 일이지만
그 일이 있은 후
날벌레처럼 작은 말들이 날아와도
마음에 걸린다
마음이 파르르 떨린다
왕거미가 깨어나 마음을 헤집고 다닌다

인큐베이터 애호박

길이와 굵기가 같은 애호박
채소 가게에 진열되어 있다
휘어지지도 울퉁불퉁하지도 않은 애호박
어릴 적부터 인큐베이터 비닐 속에서 자라서란다
답답한 비닐 감옥 속에서
속으로 얼마나 휘어졌을까
속으로 얼마나 울퉁불퉁해졌을까
벌레 먹은 곳도 없는 애호박
상처 난 곳도 없는 애호박
쭉쭉 빵빵 몸짱 애호박
엄친아 애호박
기계로 찍은 듯한 애호박
애호박을 잡는 순간 전기가 통한다
휘어지고 울퉁불퉁한 내 속마음이 꿈틀댄다

베이킹파우더

제빵제과 학원 세 달째
학교에 학원에
몸이 밀가루 반죽이 되어
집에 들어왔다
가방을 휙 집어던지고
씻지도 못한 채
방바닥에 쓰러졌다
천장이 빙빙 돌고
몸이 방 안을 둥둥 떠다닌다
그래도 좋다
꿈이 생겼으니까
꿈은 베이킹파우더다
몸도 마음도 두 배로 부푼다

꼭

꼭이라는 말
참 이쁘다

새끼손가락 걸고 엄지 도장 찍을 때 하는 말
꼭이 붙은 말에는 꼭지가 달린다
꼭 다시 만나자! 전화해, 꼭!
손을 꼭 잡으며
네가 한 말

꼭
꽃

말에 핀 꽃

매니큐어

새끼손가락에
매니큐어를 바른다
어제는 초록 색깔
오늘은 노란 색깔

새끼손가락에만 바른다
초록 색깔 바르면 초록 손
노란 색깔 바르면 노란 손
새끼손가락 하나가
다섯 손가락을 대표한다

어릴 때 문틈에 끼어
까맣게 변한 손톱
자꾸자꾸 바르니
안 바른 날도 바른 줄 안다
까만 색깔 바른 줄 알고
이쁘다 한다

이뻐하면 이뻐진다

무지갯빛 심장

내 심장은 무슨 색일까? 빨간색? 주황색? 아니, 무지갯빛일 거다. 그건 피 때문이다. 내겐 무지갯빛 피가 흐른다. 나는 꿈이 많다. 시인, 선생님, 남편, 아빠, 화가, 바리스타, 여행가……. 지금도 계속 생겨나는 꿈들. 이미 이룬 꿈도 있지 않느냐? 누군가 묻는다면, 꿈은 완료형이 아니라 진행형이라 답하고 싶다. 꿈은 피다. 쉬지 않고 흘러야 한다. 꿈꾸는 동안 내 심장은 10배속으로 뛴다. 어떤 사람들은 내게 하나의 꿈만 꾸라고 하지만 꿈은 많을수록 좋다. 하나의 꿈이 지쳐서 움츠리고 있을 때 또 하나의 꿈이 어깨동무를 하고 함께 가기 때문이다. 또한 두 개의 꿈이 합쳐져 새로운 꿈을 낳기도 한다.

내 꿈 중에서 가장 강렬한 색깔을 띠는 것은 시인이다. 나는 독자의 심장을 두드리는 시를 쓰고 싶다. 내 말과 행동이 여러 가지 색깔로 오랫동안 여운을 남기도록 한 편의 시처럼 살고 싶다. 그래서 학생들을 가르칠 때도 내가 쓴 시를 예로 들 때가 많다. 시 한 편(「애교 떨어 미안해」)에 국어의 주요 표현법을 모두 담아 설명하거나, 소설의 시점(「슬픈 시점」)과 구성단계(「이해가 팍팍 돼」)를 가르칠 때는 자작시로 말문을 열기도 한다. 또 학생들의 생활을 평시조, 엇시조, 사설시조(「선생님 부탁합니다」)로 써서 칠판에 적은 다음 랩으로 불러 주기도 한다. 이밖에도 시의 심상(「잃어버린 감각」), 운율(「자마자」), 연극의 막과 장(「2막 2장」), 단군 신화(「사춘기 신화」), 액자식 구성(「꿈속의 꿈」) 등의 이론을 시를 통해 설명하니 아이들의 흥미를 유발시키기도 하고 이해력도 높아졌다. 이런 방법을 나 혼자 활용하기보다 아이들을 가르치는 선생님들이나 국어 공부를 하는 아이들이 함께 보면 좋겠다는 생각이 들었다. 그래서 새로 나올 내 시집에 이 시들을 실어야겠다는 생각이 들어, 이 시집의 1부에 구성하게 되었다.

세상에서 가장 아름답게 뛰는 심장은 꿈꾸는 심장이다. 눈물을 멎게 하고 힘든 것도 잊게 한다. 비 갠 후 하늘에 뜬 무지개처럼 두근두근, 쿵쾅쿵쾅. 나는 학교가 꿈을 찾고 꿈을 향해 나아가고 더 큰 꿈을 꿀 수 있도록 도와주는 곳이었으면 좋겠다. 그러나 지금의 학교는 꿈과 멀어져 있다. 그렇다고 꿈꾸기를 포기하지 않기를 바란다. 이런 때일수록 더 큰 꿈을 꾸어야 한다. 나는 꿈꾸기를 희망하는 사람들에게 문학을 권하고 싶다. 문학은 상상으로 지어진 상상력 학교인 셈이다. 누구나 입학할 수 있지만 졸업은 없는 학교, 학년도 선생님도 교과서도 시험도 일등도 꼴찌도 없는 학교, 졸업장보다는 다니는 것 자체로 자랑스러운 학교. 비록 기억력 학교를 다니고 있지만 틈틈이 상상력 학교에 출석하기를 바란다. 그러다 보면 자신도 모르는 사이에 없던 꿈이 생기고, 있던 꿈보다 더 크고 새로운 꿈을 꾸고 있는 자신을 발견할 것이다.

꿈 꾼 대로 이루어진다는 말이 있다. 너무 많이 들어 평범해진 이 말을 어떤 사람은 소중히 다루고 어떤 사람은 무심히 지나친다. 신기하게도 이 말을 소중하게 다룬 사람은 자신의 꿈을 이룬다. 평범한 걸 특별하게 만드는 마법은 무엇일까? 그건 반복이다. 반복은 믿음이다. 믿기 때문에 반복할 수 있는 것이다. 결국 믿어서 이루어지는 것이다.

생각해 보면 무지개는 잡을 수 없는 게 아니라 단지 잡는 방법을 찾지 못했을 뿐이다. 무지개를 잡는 방법은 꿈꾸는 심장이 되어 스스로 무지개가 되는 것이다. 이 시집은 무지갯빛 내 심장으로 썼다. 쓰는 동안 행복한 마음이었다. 곧 상상력 학교 책꽂이에 꽂히게 될 시집. 두근두근 쿵쾅쿵쾅 꿈꾸는 손을 기다려 본다.

2013년 봄을 꿈꾸며
이장근

이 장 근

1971년 경북 의성에서 태어났으며, 한남대학교 국어교육과를 졸업했다. 2008년 매일신문 신춘문예에 시 「파문」이 당선되었으며, 2010년 동시 「귓속 동굴 탐사」 외 11편으로 제8회 푸른문학상 '새로운 시인상'을 수상했다. 현재 서울에서 중학교 국어 교사로 일하면서 학교 현장에서 청소년들과 직접 호흡하며 그들의 고민과 관심사를 시에 담아 소통하고자 노력하고 있다. 지은 책으로 시집 『뀐투』, 동시집 『바다는 왜 바다일까?』, 청소년시집 『악어에게 물린 날』, 『나는 지금 꽃이다』 등이 있다.

푸른도서관은 10대에서 20대까지 눈부신 성장을 거듭하는 푸른 세대를 위한 본격 문학 시리즈입니다.

＊〈푸른도서관〉 시리즈는 계속 나옵니다!

푸른도서관

푸른도서관은 '10대에서 20대까지' 눈부신 성장을 거듭하는
'푸른 세대'를 위한 본격 문학 시리즈입니다.
당대 청소년들의 현실을 생생하게 반영한 성장소설과
다양한 시대상을 반영한 역사소설,
청소년시집 그리고 흥미진진한 판타지에 이르기까지
국내 작가들이 공들여 창작한 감동적인 작품들을
푸른도서관에서 더 만나 보세요!

1. 뢰제의 나라 강숙인 지음

교통사고로 가사 상태에 빠진 열두 살 소년이 저승사자의 손에 이끌려 저승인 '뢰제의 나라'
를 여행하면서 벌어지는 모험담을 담은 판타지소설.

★ 윤석중문학상 수상작 ★ 동화읽는가족 추천도서

2. 아버지가 없는 나라로 가고 싶다 이규희 지음

아픈 결핍의 가족사를 벗어던지고 마침내 더 너른 세상을 향해 나아가는 소녀를 통해 성장의
의미를 곰곰이 곱씹게 해 주는 가슴 뭉클한 성장소설.

★ 세종아동문학상 수상작가

3. 까망머리 주디 손연자 지음

좋아하는 남학생에게 외모에 대한 조롱 섞인 말을 듣고, 입양아인 자신이 미국 사회의 이방
인이라는 사실을 깨닫는 사춘기 소녀 주디가 정체성을 찾아가는 이야기.

★ 책따세 추천도서 ★ 학교도서관사서협의회 추천도서 ★ 부산광역시교육청 독서인증제 권장도서

8. 화랑 바도루 강숙인 지음

부모님을 일찍 여읜 바도루가 김충현 장군 밑에서 생활하며 그의 자제인 경천과 함께 피나는
노력과 뜨거운 우정을 나누며 꿈에 그리던 화랑이 되는 이야기를 그린 본격 역사소설.

★ 동화읽는가족 추천도서

10. 마사코의 질문 손연자 지음

일본인 소녀의 입으로 일본인의 죄를 묻는 이야기. 일제 강점기에 우리 민족이 겪은 온갖 수
난을 생생하고 절실하게 그려 낸 9편의 작품이 실려 있다.

★ 세종아동문학상 수상작 ★ SBS 어린이미디어대상 수상작 ★ 한우리독서토론논술 필독도서

11. 아, 호동 왕자 강숙인 지음

비극적 사랑의 대명사 호동 왕자와 낙랑 공주, 그들이 정말 사랑하는 사이였는가에 대한 의
문으로 시작된 역사소설. 우리가 알고 있던 이야기를 뒤집어 전혀 새로운 시각을 제시한다.

★ 한우리독서토론논술 필독도서 ★ 서울독서교육연구회 추천도서 ★ 책읽는교육사회실천협의회 추천도서

12. 길 위의 책 강미 지음

'책'을 통해 자연스럽게 자신의 고민과 방황을 해결하고 상처를 치유해 나가는 여고생들의
이야기를 잔잔하게 그렸다. 청소년들을 위한 성장소설들이 '책 속의 책'으로 가득 담겨 있다.

★ 제3회 푸른문학상 수상작 ★ 책따세 추천도서 ★ 문화체육관광부 우수교양도서

13. 느티는 아프다 이용포 지음

'지금 여기'의 '가장 낮은 곳'을 이야기하는 성장소설. 독자들에게 이웃을 바라보는 시선을 바
꾸고 존재의 소중함을 돌아볼 수 있는 시간을 마련해 준다.

★ 한국문화예술위원회 우수문학도서 ★ 평화박물관 선정 청소년 평화책

14. 발끝으로 서다 임정진 지음

베스트셀러 『행복은 성적순이 아니잖아요』의 임정진 작가가 펴낸 청소년소설. 낯선 땅으로
홀로 유학을 떠난 주인공을 통해 조기 유학생활의 어려움과 외로움을 절절하게 그렸다.

★ 책따세 추천도서

15. 마지막 왕자 강숙인 지음

역사의 그늘에 가려져 있던 인물이자 신라의 마지막 왕인 경순왕의 아들 마의태자를 주인공
으로 한 역사소설로, 그의 새로운 영웅적 면모를 보여 준다.

★ 〈중앙일보〉 좋은책 100선 선정도서 ★ 어린이도서연구회 청소년 권장도서

16. 초원의 별 강숙인 지음

마의태자를 주인공으로 한 『마지막 왕자』의 후속작. 사라져 버린 나라를 그리워하던 주인공 새부가 광활한 만주 대륙에서 아버지의 꿈을 이루는 과정을 흥미진진하게 그리고 있다.
★동화읽는가족 추천도서

18. 쥐를 잡자 임태희 지음

원치 않는 임신을 한 여고생의 이야기로 성에 대해 여전히 취약한 우리 청소년의 현실을 돌아보고 위험성을 인식하게 만든다. 동시에 대책 마련이 시급하다는 사실을 새삼 일깨운다.
★제4회 푸른문학상 수상작　★아침독서 청소년 추천도서　★어린이도서연구회 청소년 권장도서

19. 바람의 아이 한석청 지음

우리나라 아동청소년문학 최초로 발해를 소재로 한 장편역사소설. 고구려 멸망 뒤 옛 고구려 지역에 살던 이들의 비참한 삶과 나라를 되찾고자 하는 투쟁을 생생하게 그려 냈다.
★한우리독서토론논술 필독도서　★책읽는교육사회실천협의회 추천도서

21. 리남행 비행기 김현화 지음

봉수네 가족이 북한을 탈출해 리남행 비행기에 오르기까지의 여정이 긴장감 있게 그려져 있다. 온갖 역경 속에서도 인간애와 가족애를 잃지 않는 모습이 진한 감동을 선사한다.
★제5회 푸른문학상 수상작　★책따세 추천도서　★한국문화예술위원회 우수문학도서

22. 겨울, 블로그 강 미 지음

자신만의 길을 찾아가는 청소년들이 종횡무진 활동하는 네 편의 작품을 담았다. 청소년들의 일상을 정확하고 섬세하게 묘사하여 그들이 나아갈 수 있는 길을 오롯이 보여 준다.
★문화체육관광부 우수교양도서　★아침독서 청소년 추천도서　★한국출판인회의 선정 이달의 책

23. 네가 하늘이다 이윤희 지음

1894년 동학 농민 운동을 배경으로 새로운 세상을 꿈꾸었지만 결국 이름조차 남기지 못하고 스러져 간 농민군의 이야기를 감동적으로 그려 낸 대하역사소설.
★아침독서 청소년 추천도서　★한국어린이문화대상 수상작

24. 벼랑 이금이 지음

원조 교제, 첫 키스, 협박, 폭력……. 거친 현실의 이면에 감춰진 청소년들의 내면을 섬세하게 다루고 있는 이금이 작가의 연작청소년소설.
★한국문화예술위원회 우수문학도서　★아침독서 청소년 추천도서　★네이버 북리펀드 선정도서

25. 뚜깐뎐 이용포 지음

서기 2044년, 한국에서 영어 공용화 법안이 통과된 뒤 영어가 일상어로 자리를 잡은 때와 한글이 박해를 받던 연산군 시절을 오가며 현대인들에게 진지한 성찰의 기회를 제공한다.
★아침독서 청소년 추천도서　★대한출판문화협회 올해의 청소년도서　★〈중앙일보〉 선정 이달의 책

26. 천년별곡 박윤규 지음

천 년의 시간을 애증과 그리움으로 버틴 주목나무의 이야기를 절제된 감성으로 그린 작품. 시 형식을 차용한 소설인 '시소설'이란 신선한 장르에 애절한 정서를 잘 녹여 냈다.
★한우리가 선정한 좋은 책

27. 지귀, 선덕 여왕을 꿈꾸다 강숙인 지음

지귀 설화 속에 숨어 있는 선덕 여왕 이야기를 담은 역사소설. 지귀와 선덕 여왕, 김춘추와 김유신 등 시대의 격랑에 휘말린 이들의 삶과 사랑이 독자들의 가슴속에 파고든다.
★책따세 추천도서　★네이버 북리펀드 선정도서　★아침독서 청소년 추천도서

28. 청아 청아 예쁜 청아 강숙인 지음

〈심청전〉을 현대적으로 재해석한 소설. 새로운 시각의 심청과 서해 용왕 그리고 그의 아들을 등장시켜 '보이지 않는 사랑 이야기'를 통해 참다운 사랑의 의미를 되새기게 한다.

★ 한국출판인회의 선정 이달의 책 ★ 중앙독서교육 선정도서

30. 사라지지 않는 노래 배봉기 지음

세계적 미스터리의 하나인 이스터 섬 모아이 석상의 비밀을 소재로 인간의 파괴적 욕망과 그것을 극복했을 때 찾을 수 있는 평화를 보여 준다.

★ 문화체육관광부 우수교양도서 ★ 네이버 북리펀드 선정도서 ★ 국립어린이청소년도서관 추천도서

31. 김홍도, 조선을 그리다 박지숙 지음

김홍도의 그림을 통해 그의 삶을 다룬 연작으로, 작가 특유의 상상력과 깊이 있는 통찰력으로 '인간 김홍도'의 삶을 생생하게 되살려낸 본격 역사소설이다.

★ 문화체육관광부 우수교양도서 ★ 〈소년조선일보〉 추천도서 ★ 아침독서 청소년 추천도서

32. 새가 날아든다 강정규 지음

한국 전쟁을 직접 경험한 세대가 전쟁과 분단과 이산이라는 문제를 다른 시각에서 조명한 작품. 역사의 굴곡을 넘어 당대의 사람들이 더불어 살아가는 이야기를 일곱 편의 소설에 담았다.

★ 아침독서 청소년 추천도서

34. 밤나무정의 기판이 강정님 지음

1950년대를 배경으로 소년 기판이의 각별하고도 애틋한 성장과 모험과 죽음을 다룬 이야기. 작가 특유의 입담과 사투리에 실린 당시의 일상과 풍속이 눈앞에 생생하게 되살아난다.

★ 한국문화예술위원회 우수문학도서 ★ 대한출판문화협회 올해의 청소년도서 ★ 아침독서 청소년 추천도서

35. 스쿠터 걸 이은 지음

질풍노도의 시기인 청소년기의 한복판에 서 있는 열다섯 살 중학생들을 본격적으로 등장시킴으로써 중학생들의 삶을 밀도 있게 그려 낸 청소년소설집.

★ 한국간행물윤리위원회 우수청소년저작 당선작 ★ 학교도서관저널 추천도서

36. 우리 반 인터넷 소설가 이금이 지음

거짓이 휘두르는 보이지 않는 폭력에 '진실'이 어떻게 왜곡되고 유배되는지를 청소년들의 생생한 세태 묘사와 치밀한 구성을 바탕으로 보여 준다.

★ 네이버 북리펀드 선정도서 ★ 학교도서관저널 추천도서 ★ 국립어린이청소년도서관 추천도서

37. 열네 살, 비밀과 거짓말 김진영 지음

습관적인 도둑질에 빠져들면서 비밀과 거짓말이 늘어나게 된 평범한 열네 살 소녀 하리가 다시 삶의 진실을 찾아가는 성장소설.

★ 한국간행물윤리위원회 청소년 권장도서 ★ 문화체육관광부 우수교양도서

38. 허황옥, 가야를 품다 김정 지음

먼 바다를 건너 가야로 온 인도 아유타국 공주 허황옥의 삶을 조명하면서, 철을 바탕으로 국제 무역의 중심지로 자리했던 가야의 역사를 생생히 전하는 역사소설이다.

★ 학교도서관저널 추천도서 ★ 대한출판문화협회 올해의 청소년도서

40. 그래도 괜찮아 안오일 지음

현실의 부정과 좌절에 길항하는 청소년들의 고민을 진정성 있게 담아낸 청소년시집. 청소년들이 지닌 '생기'를 유감없이 보여 주며 긍정과 희망의 메시지를 전한다.

★ 한국간행물윤리위원회 우수청소년저작 당선작 ★ 한국문화예술위원회 우수문학도서

42. 조생의 사랑 김현화 지음

조선시대를 배경으로 청년 '조생'이 청나라에 파견되는 연행사로 길을 떠나 사랑과 우정, 정의, 신념 등 삶의 진리를 깨달아가는 과정을 그린 청소년 역사소설.
★ 서울시교육청 남산도서관 사서 추천도서 ★ 〈아침햇살〉 선정 좋은 청소년책

43. 아버지, 나의 아버지 최유정 지음

위탁가정에 맡겨진 열여섯 살 연수가 자신의 친아버지를 찾아 떠나는 여정을 통해 진정한 자아 정체성을 확립해 가는 과정을 밀도 있게 그렸다.
★ 한국문화예술위원회 우수문학도서 ★ 〈아침햇살〉 선정 좋은 청소년책

44. 타임 가디언 백은영 지음

타임 슬립이라는 장치를 통해 개인과 사회에서 일어나는 현실의 문제들을 조명하는 본격 청소년 SF소설. 시공간을 뛰어넘는 구성과 예측할 수 없는 독특한 상상력을 맛볼 수 있다.
★ 〈아침햇살〉 선정 좋은 청소년책

45. 분청, 꿈을 빚다 신현수 지음

고려 최고의 사기장의 아들인 강뫼가 왜구 침입과 왕조의 변혁 등 극한 시대 상황 속에서 분청사기를 만들기까지의 과정을 흡인력 있게 그린 역사소설.
★ 대한출판문화협회 올해의 청소년도서 ★ 아침독서 청소년 추천도서

47. 악어에게 물린 날 이장근 지음

현직 중학교 교사인 시인이 청소년과 함께 호흡하면서 체험한 담백하고 직설적인 언어가 공감을 불러온다. 청소년들 질풍노도가 마음껏 활개 칠 수 있도록 기운을 북돋는 청소년시집.
★ 책따세 추천도서 ★ 대한출판문화협회 올해의 청소년도서 ★ 어린이도서연구회 청소년 권장도서

48. 찢어, Jean 문부일 지음

아르바이트, 집단 따돌림 등 청소년들이 공감할 수 있는 일곱 편의 이야기가 담겼다. 현실에 갇혀 사는 청소년들의 일탈을 유쾌하면서도 진정성 있게 담았다.
★ 아침독서 청소년 추천도서 ★ 한국문화예술위원회 우수문학도서

49. 불량한 주스 가게 유하순 외 지음

실수와 시행착오를 반복하다가 돌연 성장의 분기점을 지나는 청소년들의 '오늘'을 포착했다. 좌절과 반성의 언어조차 싱그러운 청소년들을 응원하게 만드는 네 편의 단편소설 모음.
★ 제9회 푸른문학상 수상작 ★ 아침독서 청소년 추천도서 ★ 네이버 북리펀드 선정도서

50. 신기루 이금이 지음

엄마와 엄마 친구들과 함께 몽골 사막 여행을 떠난 열다섯 다인이가 보낸 6일간의 여정을 통해 또 다른 생명의 고리로 순환되는 모녀 관계에 대한 고찰을 여행기 형식으로 그렸다.
★ 네이버 북리펀드 선정도서 ★ 서울시립어린이도서관 추천도서 ★ 아침독서 청소년 추천도서

51. 우리들의 매미 같은 여름 한 결 지음

섭식장애를 앓고 있는 모녀, 성추행, 보이콧 등 청소년들이 겪는 지독하게 뜨겁고 아픈 이야기가 담겨 있다. 청소년들이 자신 그리고 세상과 화해하는 여정을 솔직담백하게 그렸다.
★ 한국문화예술위원회 우수문학도서 ★ 네이버 북리펀드 선정도서

52. 모래시계가 된 위안부 할머니 이규희 지음

일본군 위안부로 끌려가 꽃다운 처녀 시절을 유린당한 황금주 할머니의 실제 이야기를 김은비라는 소녀의 이야기와 엮어 액자 형식으로 쓴 소설로, 일본어로도 번역 출간되었다.
★ 국제펜문학상 수상작 ★ 학교도서관저널 추천도서 ★ 경기도교육청 추천도서

53. 까레이스키, 끝없는 방랑 문영숙 지음

소련의 강제 이주 정책으로 시베리아 횡단 열차를 탔던 17만여 명의 까레이스키들의 고난과
역경, 도전과 설움을 절절하게 그린 역사소설이다.

★ 한국문화예술위원회 우수문학도서   ★ 아침독서 청소년 추천도서   ★ 한우리가 선정한 좋은 책

54. 나는 랄라랜드로 간다 김영리 지음

기면증을 앓는 소녀와 그의 가족이 게스트하우스를 사수하기 위해 펼치는 소동을 재기 발랄
하게 그렸다. 절망 속에서도 웃으며 싸울 줄 아는 청춘의 싱그러운 맨얼굴이 돋보인다.

★ 제10회 푸른문학상 수상작   ★ 아침독서 청소년 추천도서   ★ 한국문화예술위원회 우수문학도서

56. 눈썹 천주하 지음

암에 걸려 1년 4개월 동안 치료를 받던 열일곱 살 소녀가 일상으로 돌아온 뒤의 이야기를 담고 있다. 가족과 친구, 일상이 얼마나 가치 있는 것인지를 새삼 깨우쳐 준다.

★ 국립어린이청소년도서관 사서 추천도서   ★ 한국문화예술위원회 우수문학도서   ★ 아침독서 추천도서

57. 나는 지금 꽃이다 이장근 지음

청소년들의 삶을 제대로 들여다보고 마음을 헤아리는 시 창작 과정을 통해 나온 본격적인 청
소년을 위한 시로, 삶이 점점 피폐해지고 있는 청소년들의 마음을 어루만져 준다.

★ 문화체육관광부 우수교양도서   ★ 어린이도서연구회 청소년 권장도서   ★ 학교도서관저널 추천도서

58. 우리들의 사춘기 김인해 지음

겉으로 잘 드러나지 않는 소년들의 감성을 날카롭게 포착하여 진솔하고 강렬하게 그려낸 '소
년들을 위한' 소설집. 표제작을 비롯한 여섯 편의 단편청소년소설을 담고 있다.

★ 국립어린이청소년도서관 사서 추천도서   ★ 한국문화예술위원회 우수문학도서

59. 여우 소녀 미랑 김자환 지음

조선시대 임진왜란 발발 즈음의 여수 지방을 배경으로, 구미호에게 아버지를 잃은 묘남과 구
미호의 딸 여우 소녀 미랑의 애틋한 사랑 이야기를 담고 있다.

★ 새벗문학상 수상작가

60. 얼음이 빛나는 순간 이금이 지음

아이와 어른의 경계에서 몸살을 앓던 두 소년이 5년 뒤 전혀 다른 풍경을 띠게 된 각자의 삶
을 응시한다. 우연에서 시작해 선택으로 이루어지는 인생의 내밀한 진실을 담았다.

★ 윤석중문학상 수상작가   ★ 학교도서관저널 추천도서

61. 택배 왔습니다 심은경 지음

질풍노도를 겪는 청소년과 그의 가족, 친구, 사회의 풍경을 그린 여섯 편의 단편청소년소설.
건강하게 자립하고 따뜻하게 소통할 줄 아는 인물들의 모습에서 희망을 엿볼 수 있다.

★ 한국문화예술위원회 우수문학도서   ★ 학교도서관저널 추천도서   ★ 아침독서 청소년 추천도서

63. 나에게 속삭여 봐 강숙인 지음

어느 날 갑자기 죽음을 맞이한 열일곱 살 소년 서준과 혼령의 기를 느끼는 소녀 아리 그리고
서준의 쌍둥이 여동생 유주가 각자의 방법으로 성장해 나가는 청소년 판타지소설.

★ 윤석중문학상 수상작가   ★ 학교도서관저널 추천도서

64. 아버지의 알통 박형권 지음

촌스러운 아빠와 바닷가 마을에 살게 되면서 정직하게 일하는 사람들을 만나며 한층 성장해
가는 주인공의 이야기가 유쾌한 감동을 선사한다.

★ 한국안데르센상 수상작가

65. 나는 나다 안오일 지음

청소년들에게 자신의 꿈이 무엇인지 알게 해 주어 스스로 자신의 삶에 당당하게 맞서는 모습을 보고 싶다는 작가의 바람을 담은 청소년시 57편이 실려 있다.
★제8회 푸른문학상 수상작가

66. 순희네 집 유순희 지음

순희네 집에 얽힌 가슴 아프지만 따뜻한 이야기와 성장통을 겪는 순희의 모습을 작가 특유의 섬세한 문장 안에 담아낸 자전적 소설이다.
★제14회 MBC 창작동화대상 수상작 ★제8회 푸른문학상 수상작가 ★한국출판문화산업진흥원 선정 세종도서

67. 첫 키스는 엘프와 최영희 지음

제11회 푸른문학상 수상작가의 첫 청소년소설집으로, 미래에 대한 압박감에 갇혀 십 대 시절을 보내는 오늘의 청소년들에게 부치는 편지 같은 소설 여섯 편을 묶었다.
★제11회 푸른문학상 수상작가 ★아침독서 청소년 추천도서 ★어린이도서연구회 청소년 권장도서

71. 우리는 가족일까 유니게 지음

5년 만에 엄마의 부고와 함께 미국에서 돌아온 동생으로 인해 방황하는 열일곱 살 소녀의 성장기를 그렸다. 고통스러운 시간을 함께 이겨 내는 가족의 소중함을 다시금 일깨워 준다.
★한국출판문화산업진흥원 선정 세종도서 ★서울시교육청 어린이도서관 청소년 권장도서

73. 신라 공주 파라랑 김 정 지음

고대 페르시아 서사시 「쿠쉬나메」의 시공간을 배경으로 한 역사소설. 낯선 이국 땅 페르시아로 건너가 사랑으로 고난을 극복하는 신라 공주 파라랑의 삶은 희망이라는 인간 본연의 메시지를 전한다.
★제1회 푸른문학상 수상작가 ★학교도서관저널 추천도서

74. 옥상에서 10분만 조규미 지음

제10회 푸른문학상 수상작가의 첫 청소년소설집으로, 관계 속에서 사소한 말이나 장난이 큰 사건이 되어 돌아왔을 때 겪게 되는 고민과 갈등을 섬세하게 다룬 소설 다섯 편을 묶었다.
★제10회 푸른문학상 수상작가 ★아침독서 청소년 추천도서 ★학교도서관사서협의회 추천도서

75. 별에서 별까지 신형건 지음

지난 30여 년간 아이들과 어른들 모두에게 사랑받는 동시를 써 온 시인의 작품 중 특별히 청소년들에게 공감을 살 만한 시들을 골라 엮었다. 자극적이지 않은 언어로 마음을 어루만지는 청소년시집.
★대한민국문학상 수상작가 ★한국출판문화산업진흥원 청소년 권장도서

76. 뱅뱅 김선경 지음

어른들은 몰라서 더 재미있는 진짜 우리 이야기. 지금 청소년들의 속마음을 거침없이 그려 낸 개성 강한 청소년시집. 긴 방황의 끝에서 진정한 자신을 찾기를 바라는 시인의 바람이 담겼다.
★어린이도서연구회 청소년 권장도서 ★아침독서 청소년 추천도서 ★학교도서관사서협의회 추천도서

77. 우리들의 실연 상담실 이수종 지음

실연 극복 프로젝트에 참가하는 다섯 명의 아이들이 서로를 보듬으며 사랑의 아픔을 극복하는 과정을 담았다. 청소년들의 마음결을 다독이는 위로의 목소리는 다시 사랑할 에너지를 불어넣는다.
★제12회 푸른문학상 수상작가 ★학교도서관사서협의회 추천도서

78. 연애 세포 핵분열 중 김은재 지음

꽃보다 아름다운 열일곱 살 청춘들이 진정한 사랑을 찾기 위해 나섰다. 아름다운 사랑을 꿈꾸지만, 사랑에 서툴러 좌충우돌, 고군분투하는 청소년들의 성장을 그린 여섯 편의 청소년소설을 한데 엮었다.
★제13회 푸른문학상 수상작가 ★학교도서관저널 추천도서 ★아침독서 청소년 추천도서

79. 데이트하자! 진 희 지음
옴니버스 형식으로 구성된 다섯 편의 단편으로 이야기의 구조적 완결성과 섬세한 심리 묘사가 뛰어나다. 청소년 특유의 발랄한 일상과 그 안에 깃든 고민, 성장통을 따뜻한 시선으로 담아냈다.
★제13회 푸른문학상 수상작가　★학교도서관저널 추천도서　★울산남부도서관 올해의 책

80. 세 번의 키스 유순희 지음
현대 미디어의 중심이 된 '아이돌'과 그들의 일거수일투족을 놓치지 않으려는 '사생팬'의 심리를 날카롭게 포착했다. 언제든 다시 출발선에 설 수 있는 청춘의 무한한 가능성을 깨닫게 한다.
★제8회 푸른문학상 수상작가　★국어 교과서 수록작가

81. 파란 담요 김정미 지음
「스키니진 길들이기」로 제12회 푸른문학상 '새로운 작가상'을 수상하며 깊은 인상을 남겼던 김정미 작가의 첫 청소년소설집. 청소년들의 다양한 고민들을 폭넓게 아우른 여섯 편의 소설이 그들의 상처입은 마음을 따스하게 위로한다.
★한국문화예술위원회 문학나눔 선정도서　★학교도서관저널 추천도서　★학교도서관사서협의회 추천도서

82. 그 애를 만나다 유니게 지음
완벽하다고 믿었던 일상이 한순간에 무너진 순간, '그 애'가 나타난다. 그 애와 함께하는 동안 자신이 진정으로 바라는 모습이 무엇인지 고민하며, 절망을 희망으로 바꾸어 나가는 주인공의 성장기가 진한 감동을 선사한다.
★아침독서 청소년 추천도서　★학교도서관저널 추천도서　★학교도서관사서협의회 추천도서

83. 너를 읽는 순간 진 희 지음
바쁜 현대의 삶 속에서 따뜻하게 보살핌받지 못하는 우리 청소년들의 아픔과 외로움을 고스란히 담았다. 주인공 '영서'를 향한 다섯 인물들의 연민과 동정, 질투나 죄책감 같은 본연의 감정들이 엇갈리듯 그려진다.
★한국문화예술위원회 문학나눔 선정도서　★대한출판문화협회 해외전파사업 선정도서

84. 기린이 사는 골목 김현화 지음
타인의 고통에 둔감한 현대인들의 마음속 순수의 세계를 밝혀 줄 이야기. 아픔과 슬픔을 공유하고 건강한 성장통을 앓는 열다섯 살 선웅, 은형, 기수의 가슴 따뜻한 이야기가 펼쳐진다.
★제5회 푸른문학상 수상작가

*〈푸른도서관〉 시리즈는 계속 나옵니다!